AF409116

حدود ذائبة

فصحى للنشر والتوزيع والترجمة

Email: Darfosha@gmail.com

01061318637
01095250242

❋ الكتاب: حدود ذائبة

❋ الكاتب: عبد الهادي شفيق

❋ مراجعة لغوية:

❋ تصميم الغلاف: مني الموجي

❋ إخراج داخلي: د. شيماء محمد

❋ رقم الإيداع:

❋ الترقيم الدولي: 9789778624021

رواية

"حدود ذائبة"

عبد الهادي شفيق

"إهداء"

إلى أمي وأبي أطال الله من عمرهما

إلى روح ضحايا زلزال الحوز ...

نظر إليها بحواسه الخمس وجها لوجه ليثبتها في ذاكرته كما هي في تلك اللحظة، كانت تبدو وكأنها إله طافٍ، متمسكة في ثوبها الأسود. أساليبه الغامضة أثارت فيها فضولا من الصعب مقاومته لكنها لم تتصور أبدًا أن يكون الفضول أحد مصائب الحب الكبيرة! أحبك لا لذاتك بل لما أنا عليه عندما أكون بقربك. لقد قال لها في أحد الأيام شيئًا لم تستطع تصوره: إن المبتورين يحسون آلامًا وخدرًا ودغدغة في أرجلهم التي ما عادوا يمتلكونها، وهذا ما شعرت به هي من دونه، كانت تشعر بوجوده حيث لم يعد له وجود. لقد عاشا معا ما يكفي ليعرفا ان الحب هو أن نحب في أي وقت وفي أي مكان, وأن الحب يكون اكثر زخمًا كلما كان أقرب الى الموت .

الحب في زمن الكوليرا لـ غابرييل غارسيا ماركيز

كم أتمنى لو سافرنا

نحو بلادٍ يحكمها الغيتار

حيث الحب بلا أسوار

والكلمات بلا أسوار

والأحلام بلا أسوار ..

وعدتُكِ أن لا أعودَ

وعُدْتُ وأن لا أموتَ اشتياقاً

ومُتُّ وعدتُ مراراً

وقررتُ أن أستقيلَ مراراً

ولا أتذكَّرُ أني اسْتَقَلتُ.

زيديني عشقا زيديني

يا أحلى نوبات جنوني

يا سفر الخنجر في أنسجتي

يا غلغلة السكين

زيديني غرقا يا سيدتي

إن البحر يناديني

زيديني موتا

عل الموت، إذا يقتلني، يحييني

جسمك خارطتي ما عادت

خارطة العالم تعنيني

نزار قباني

يـزغ الصـدق كـالفجر سـاعة رواح السـحر عنـدما تلتقي جسور الحب ،
جسـور تحمـل فـي بطونهـا الأمـل والفـأل الحسـن والخير عنـدها يدرك
المـرء غايتـه فـي الحيـاة ، أحاسيسـه تتـرجم إدراكـه هـذا إلـى سـلوكات
تـرسم مسـاراته عبـر خطـوط متقطعة زاهدة .

كانـت آمـال تاريخيـة تـرتبط بالماضـي المشـترك تتلاشـى فـي الجـدران
المغبـرة لقاعـة المتـرو. الصـخب والزحـام كانـا يلفـان المسـافرين، وسـط
ضجيـج النـاس وأصـوات الإعلانـات. فـي زاويـة صغيـرة مـن القاعـة، تقف
ريـم وحيـدة فـي هيـأة تأهب مستعجلة ، وهـي فتـاة جزائريـة جميلـة ذات
عينـين بنيتـين تعكسـان قـوة العزيمـة ،تخطـف نظـرات تـارة تكـون مركـزة
وأخرى عابرة ،لتستغل كل ما يحدث أمامها تعزيزا لسعادة رحلتها

فـي غرفـة الانتظـار المجـاورة، كـان يوسـف يجلـس بجانـب نافـذة صغيـرة،
يطلـق العنـان لخيالـه ويرسـل بصـره إلـى المنـاظر الطبيعيـة الرائعـة
المحيطـة بالقاعـة ،دون إغفـال شاشـة الشاشـة المثبتـة علـى الحـائط ،
يقلـب عينيـه العسـليتين اللتـان تعكسـان الحكمـة والشـجاعة بـين داخـل
القاعة المكتظة وخارجها المخضر ...

كانـت أنظـار ريـم ويوسـف تلتقي بـلا قصـد، تبـادلا ابتسامة خفيفة تحمل
فـي وسـطها شـيئا مؤجلا ،شـيئا أخبر ريـم أنـه قـد يكون رفيقا الرحلـة ،
ذهب بهـا تفكيرهـا مـذهبا ،لكـن سرعان مـا عـادت لمـا سمعت صوت
الاستعلامات ."أعزائـي المسـافرين ،المرجـو التوجـه الـى ساحة المطار،
الطـائرة المتوجهـة الـى فرنسـا ستحط بعـد قليـل" ،،؟ "علـى المسـافرين

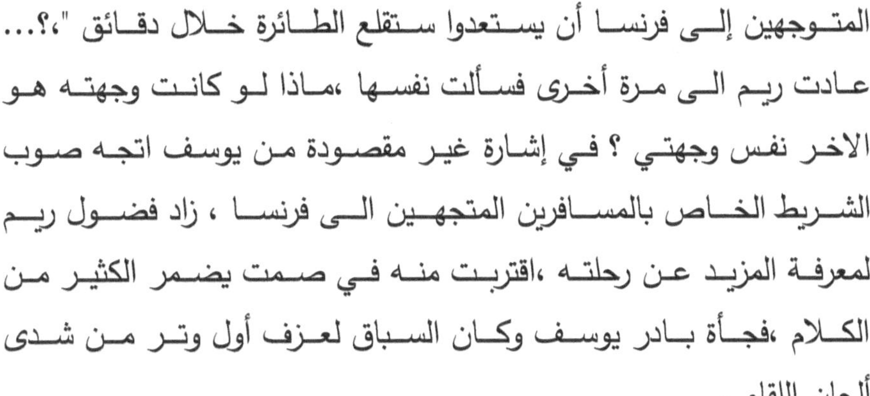

المتوجهين إلى فرنسا أن يستعدوا ستقلع الطائرة خلال دقائق "،؟...
عادت ريم الى مرة أخرى فسألت نفسها ،ماذا لو كانت وجهته هو
الاخر نفس وجهتي ؟ في إشارة غير مقصودة من يوسف اتجه صوب
الشريط الخاص بالمسافرين المتجهين الى فرنسا ، زاد فضول ريم
لمعرفة المزيد عن رحلته ،اقتربت منه في صمت يضمر الكثير من
الكلام ،فجأة بادر يوسف وكان السباق لعزف أول وتر من شدى
ألحان اللقاء .

السلام عليك .
عليكم السلام ...
هل هي اول رحلة لك الى فرنسا ؟
لا ،سبق لي أن زرتها .
وأنت ؟
قبل ان يجيب عن سؤالها سقط من يده جواز سفره لتتحني ريم أرضا
فأخذته .“أنت مغربي "؟؟
أجل .
ريم : أنا جزائرية مقيمة بفرنسا أدرس في الجامعة وهذا هو العام
الأخير لي .
قطع منظم الرحلات حديثهما بصافرات مسترسلة ،طالبا من المسافرين
التوجه للركوب ،، أقلعت الطائرة فحملت معها حكاية عشق تفتقت في
طريقها أيات التعارف و أزهرت فيها ينابيع الكلام الأرج .

جلسا مـع بعض بعدما طلبت ريم تبديل مقعدها مـع أحد الركاب ، فرغم القوانين الموضـوعة داخـل الطـائـرة ،فإن قيم التسامح لا والتعاون تعلـو عليهـا ،،، انشرحت ريـم وعبرت عن ارتياحها الـى جانب يوسف ،كمـا لـو أنهـا قضـت معـه أزمانـا خاليـة في حب وردي ، هـل سـتبدأ الكـلام بما آلت اليه علاقة بلديهما ،أم بما ستؤول إليه علاقتهما ...

لـم يكـن لهـا بـد غيـر الحـديث مـن بوابـة التـوتر الحاصل في العلاقـة الديبلوماسية بين المغرب و الجزائر ،

تـذكرت زمنًا طـويلًا مـن الصـراع والقسـوة بينهما ،تـذكرت مـا عرفتـه مـن كتـب التـاريخ ومـا زال متـداولا ، لكنهـا شـعرت بشـيء آخـر فـي دواخلهـا – شـعور بالتعـاطف والفضـول. تجـرأت وتسـاءلت فـي قلبهـا كيـف يمكن للحب أن يتجـاوز الحـدود والسياسـة ويخلـق رابطـة حقيقيـة بينهمـا؟ رفعت رأسـها فـي اسـتدارة مسـتمرة الـى اليمـين واليسـار ، فـي إشـارة تلخـص اسـتحالة قيـام العلاقـة بينهمـا فـي ظـل هـذا التـوتر المحـتقن . لكنهـا استدركت أن لا شيء مستحيل . قالت ليوسف مازحة معه:

لولا إغلاق الحدود الجوية لما التقينا عبر هذه الطائرة ،

رد يوسف بابتسامة تلخص الجواب وهو ينظر إليها، لقد أدرك أن مـا تعنيـه بالـذات عكس مـا تلفظت بـه بدأت الأفكار تتسابق فـي ذهنـه. لـم يسـتطع تجاهـل الجاذبيـة الفوريـة بينهمـا، ثمـت شـيء مـا يقـرب بينهمـا ، وكأن قدرهما بدأ يظهر لحظة بعد الأخرى .

ساورته الشعور نفسه الذي انتاب ريم قبل على شكل أسئلة صامتة ،هل من الممكن أن يتجاوز الصراع السياسي القائم ،ونعيش قصة حب حقيقية؟ هل نملك العزيمة على المغامرة وتجاوز الحدود المرسومة بيننا؟ وهل الحب الحقيقي لا يؤمن أصلا بالحدود؟

مرت ساعات وكان الحديث بينهما يضمر أكثر مما يظهر ، حديث عبارة عن مقدمات تتفتق كالبذور ،استغرقا معا في دوامة التفكير دون الافصاح عما يخلجها تجاه بعضهما البعض ،

في تلك اللحظة رفع صوت المستعلمة :

المرجو من المسافرين الاستعداد للنزول ، نهاية الرحلة .. مطار باريس الدولي ...أيها المسافرون استعدوا للنزول .

تقترب الطائرة من الأرض شيئا فشيئا ،فتندفع الكلمات في شفاه ريم ، ترى التوتر مرسوما على ملامحها ،توقف الطائرة على التراب الباريسي وغروب الشمس ، هل يا ترى بداية رحلة العمر ؟، إن لم تغتنم فرصتها هاته ،فلربما لن تلتقي بيوسف مرة أخرى .

ريم (بابتسامة خجولة): لقد وصلتا أخيرا وجهتنا

يوسف (مع ابتسامة متبادلة): نعم، وجهتك الأخيرة أما أنا فما يزال نصف الطريق أمامي ، علي حجز تذكرة المغادرة لاتمام الرحلة الى المغرب .

ريم : ولم هذه العجلة ، يمكنك المكوث يوما او يومين بعدها غادر ...؟

يوسف: لا يمكنني ذلك ، فالرحلة الى المغرب تكون مرتين في الأسبوع ،وإن لم أغادر الان فسأضطر للمكوث حتى نهاية الأسبوع المقبل ،كما أنني لا أعرف أحدا هنا ....

تصافحا مصافحة مسترسلة تنبئهما أنها ليست مصافحة الوداع ، وتبادلا كل ما من شأن تقريب العلاقة و كسر المسافة بينهما ،رغم إدراكهما تماما أنهما قد اقتربا من قلبي بعضهما البعض، وأن اللقاء مرة أخرى سيأتي لا محالة .

لا بد للشمس الشروق بعد الغروب ،لابد للنهار ان ينجلي بعد طول الليل ، هل هو محق الذي قال ان الحب الأول أقوى مما يأتي بعده ، هل ستضل جدران القلب رواقا تعلق فيه كل صور الذكرى الأولى ،هل سأكون ممتنة للقدر الذي جمعني بمن خطف قلبي في هذه الرحلة القصيرة ،،،؟؟

ما أجمل أن يقاوم أحدهم من أجل من يحب ،ما أجمل أن يجعل المستحيل ممكنا و البعيد قريبا والانتظار ظفرا فرحا و الحزن والخيال حقيقة ،أن الحب الذي لا يشقى فيه المرء من أجله لا خير فيه ولا لذة ترجى وراءه .

يخرج الهلال كل ليلة ليغازل النجوم ،ويزين سماء الدنيا بسحره الملهم لكل العشاق الذين يجعلون لقاءهم كل ليلة تحت أثيره يغني كل منهم

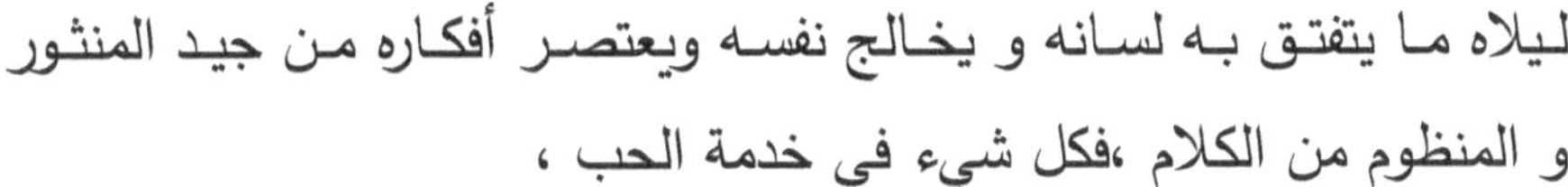

ليلاه ما يتفتق به لسانه و يخالج نفسه ويعتصر أفكاره من جيد المنثور و المنظوم من الكلام ،فكل شيء في خدمة الحب ،

ريم تكسر قاعدة الغياب من أجل الاشتياق ، بل طردت هذه الفكرة منذ مغادرة يوسف أرض باريس ،لم تمهل للوقت المرور ولو للحظة ،بل كلما ابعدتهما التضاريس الا وازداد حجم التواصل بينها ،حالها مثل حال يوسف ،صار رنين هاتف يوسف لا يتوقف من جراء رسائل ريم ، سريعة ومتواصلة ، رغم المسافة التى تزداد بعدا .اختلطت بيوسف رياح الحنين الذي يجذبه صوب بلاده ،وحنينه لمن التقى به لأولمرة ،وبين الحنينين امتداد جغرافي فوق سماء أنداي الفرنسية ،وتخوم إرون الاسبانية ، تراه في محاولات لفك شفرات اللقاء على امتداد جبال البرانس ،هل هذا حب ؟؟؟

انقدحت في مهجة يوسف موجة عامرة بأحاسيس الشوق البدائي ،لقد بدأ يطلع نبط الحب على فؤاده ،وتأمره نفسه بتدوين شعوره خشية التلاشي و النسيان ،لا لا ربما قد يصير مجنونا جنون العصر ،إنه لمن الجميل أن يكون العاشق مجنونا و والها متيما ،يلوح حبه في العلياء ويزداد تلألؤا ... ويتوج هذا الجنون بالزواج .. يصير كما قال الشاعر في أبياته :

في قلبي لسان أسى قد تكلم

ولك قد اشتكى ما به وتألم

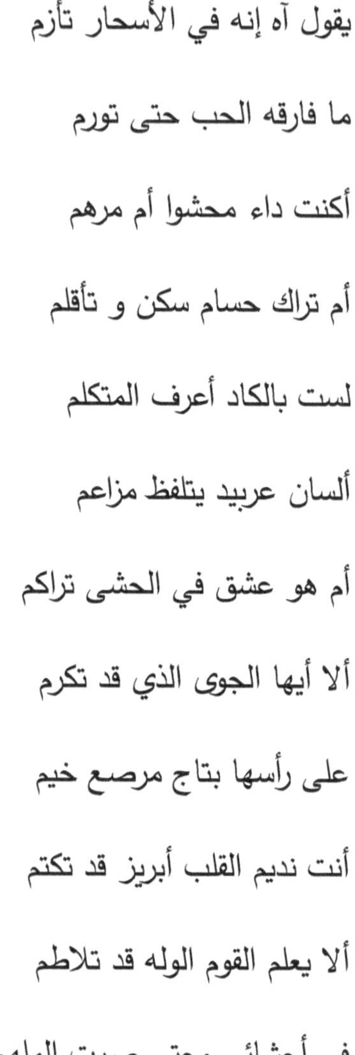

يقول آه إنه في الأسحار تأزم

ما فارقه الحب حتى تورم

أكنت داء محشوا أم مرهم

أم تراك حسام سكن و تأقلم

لست بالكاد أعرف المتكلم

ألسان عربيد يتلفظ مزاعم

أم هو عشق في الحشى تراكم

ألا أيها الجوى الذي قد تكرم

على رأسها بتاج مرصع خيم

أنت نديم القلب أبريز قد تكتم

ألا يعلم القوم الوله قد تلاطم

في أحشائي وحتى صرت الملهم

قصيدة "جمر الهوى" شفيق عبد الهادي

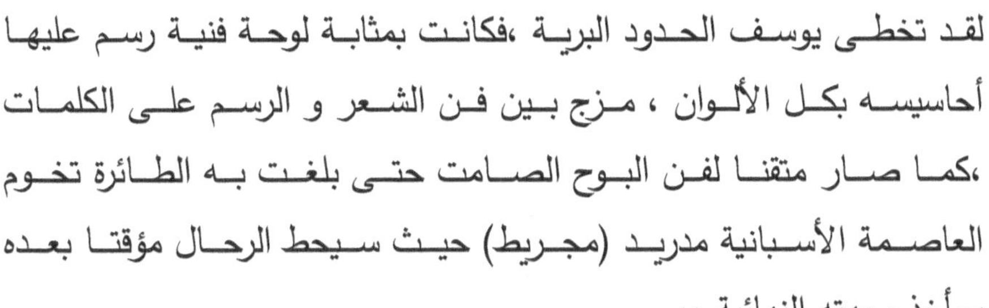

لقد تخطى يوسف الحدود البرية ،فكانت بمثابة لوحة فنية رسم عليها أحاسيسه بكل الألوان ، مزج بين فن الشعر و الرسم على الكلمات ،كما صار متقنا لفن البوح الصامت حتى بلغت به الطائرة تخوم العاصمة الأسبانية مدريد (مجريط) حيث سيحط الرحال مؤقتا بعده يسأخذ وجهته النهائية ،،

لم تكن الأمور كما لها خطط يوسف بل شاءت الأقدار أن يبقى في مدريد بعد أن أخبر الطاقم الركاب المتوجهين الى المغرب أن الرحلة قد تأجلت حتى الأسبوع المقبل ..يبدو أن يوسف لم ينزعج عند سماع الأمر ، لأن لديه أصدقاء في إسبانيا ، من بين هؤلاء الأصدقاء عبد القادر وهو سليل عائلة عريقة تاريخيا ،حيث كان لجده المنحدر من قبيلة بني ليث وهي من القبائل العربية المعروفة من فروع قبيلة كنانة كما قيل في الكتب التاريخية، إسهامات في فتح الأندلس في فترة طارق بن زياد .

حط الرحال في المطار الدولي مدريد، فكان أول ما فكر فيه هو ربط الاتصال بصديقه عبد القار رغم بعده ،فهو يتواجد بمدينة قرطبة ...انتظره يوسف في إحدى المقاهي الفاخرة قرب المطار ساعات طويلة حتى وصل ، فتعانقا عناقا مغربيا خالصا //

إنها لمناسبة عظيمة أن نلتقي معا ،أهلا بك في مينة التاريخ والحضارة العربيين، قرطبة ساحرة الماضي و الحاضر ، الغنية بقصورها الحصينة لك الله يا عبد الرحمان الثالث ..توجها معا الى

البيت وسرعان ما رفع أذان المغرب ،يبدو ان الوقت قد مر بسرعة أم أن عناء السفر و التنقل هو من أغدق على يوسف هذا الإحساس ، مرت ليلتهما معا في ضحك هيستيري ، استرجعا خلالها أحداث الطفولة التي بقيت راسخة في ذاكرتهما ،لم يحس يوسف بأنه ما يزال مغتربا ،فكل الأشياء تقريبا في قرطبة ،ولو أول مرة وطئ أرضها ،يشبه المغرب ،حتى العشاء فهو طبق الكسكس الشهي متنوع الخضر ومرتب بإتقان ،تحيط بالطبق كؤوس البلار ممتلئة باللبن ، أما غرفة الضيوف فتتفتق فيجدرانها و أثاثها آيات الإبداع و التفنن تراها في أبهة وأصالة مغربية ، كل شيء تقريبا يوحي بالدفء المغربي كأنك جالس في حضرة عائلة فاسية أو كازاوية ، و الكرم كأنك في إحدى مدن الجنوب الشرقي للمغرب .

اقترب موعد النوم ، فسمعا طرقات الباب ،فتوجه عبد القادر صوب الباب مرددا:

إنه الجزائري...إنه عمار ... علم ذلك من طرقاته المعهودة يوميا تفتقت في نفس يوسف أزهار غريبة الألوان ، لم يتذكر غير ريم لكنه ليس تذكر نسيان ، دخل عمار وهو يردد العبارة المشهورة " خاوة خاوة" مجددا نشاطه المعهود مع عبد القادر ،مرتديا قميصا أبيض يتخلله شيء اللون الأخضر و الأحمر ،يحمل في يده طبقين من الخشخوشة و الرشتة مد يده ليوسف قائلا :

السلام عليكم

رد يوسف :

عليكم السلام

قدمهما عبد القادر لكليهما ، فتبادلا الحديث الطويل ،واسترسلا في سرد وقائعهما معا ، وكيف حطتهم الأقدار بهذه البلاد ، لقد ذكر يوسف سبب مجيئه للجزائر ، وقال بأن جده الثالث في العائلة قد ترك وصية وثق فيها شجرة العائلة المنحدرة من المغرب و الجزائر ، كما وثق فيها بعض الأملاك القديمة المشتركة في كلي البلدين ،وما دفعه كذلك للسفر هو موضوع بحثه في الدكتوراه " التاريخ المشترك بين البلدين " دون نسيان ما آلت إليه العلاقات بين بلديهما ،أعجب يوسف بأخلاق عمار و كرمه و مرحه ..وعزم عليه المجيء للمغرب وألح على ذلك .

استيقظ يوسف على وقع وابل من الرسائل على موقع التواصل الاجتماعي ، أغلبها من ريم ،رد يوسف عن بعضها ،حيث أخبرها أنه حل ضيفا عند صديقه بمدينة قرطبة ،وان وجهته قد تأجلت .... كما أخبرها بأن حل بهما صديق عبد القادر اسمه عمار وهو جزائري ، أستاذ للتاريخ بالجامعة ..انشرحت ريم ،وأبدت سرورها بهذه اللمة المغربية الجزائرية .

ربما انفجر سد الكلام ، بدأ سيل القصص يتدفق من كليهما، يبدو ان ريم قد كسرت حاجز الخجل منذ اللقاء الأول، ولم يعد لها ما يمنعها من الحديث، سردت على يوسف جملة من القصص الاجتماعية بنكهة كوميدية، بعضها توج بالزواج، والبعض الآخر توج

بخيبــة أمــل.. قصــص وقعــت فــي المجتمــع الجزائــري (العاصــمة)...
تفاعل يوسف مع هذه القصص بكل إيجابية الأمر الذي يفجر ما في
قلبــه مــن صــدق، وبــدوره كتــب لهــا مجموعــة مــن القصص الشعبية، التي
تتــداول فــي المجتمــع المغربــي، تحمــل طابعــا دراميــا جلها حكايــات
شبيهة بحاكات الف ليلة وليلة لعبد الله بن المقفع، كل ذلك تم عبر
الهاتف ،وكأنهما جالسان في صالون بيتهما

تنـاول يوسـف وجبـة الفطـور مـع عبـد القـادر ،ومـا كـان مـن هـذا الأخير
الا أن اصطحب يوسف في جولـة الـى شـوارع مدينـة قرطبـة ، إنـه اليـوم
الأخيـر لـه قبـل المغـادرة صـوب المغـرب . خرجـا معـا الـى الشـارع الكبير
الـذي يعتبـر شـريان قرطبـة تاريخـا واقتصـادا ،شـارع شـهد أحداث الفتح
الإسـلامي و الازدهـار العمرانـي ،إنـه الشـارع الـذي يتواجـد بـه الجـامع
الكبيــر ، تعــد صــومعته ناطحــة السـحاب في عصــره ،بجانبـه كنيسـة
مسيحية ،أمـا فـي الشـارع الخلفي فيـه تماثيـل تعـود للفاتحين و العلمـاء و
الفقهــاء و المختــرعين العــرب ضــمنهم " موسـى بـن ميمـون و عبـد
الرحمـان الـداخل و الغـافقي و عبـاس بـن فرنـاس وغيـرهم الكثيـر " لقد
شـهدت الأسـوار علـى براعـة هؤلاء في مجموعـة من المجالات كالطب و
الهندسـة و الآداب و العمـران ،إنهـا أساسـات قامـت عليهـا قرطبـة و
الأندلس عامة حتى صار لها باع كبير في العلوم الحديثة .

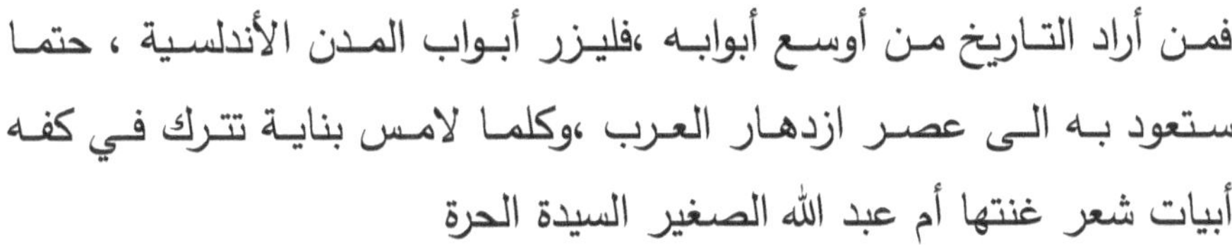

فمـن أراد التـاريخ مـن أوسـع أبوابـه ،فليـزر أبواب المـدن الأندلسـية ، حتمـا ستعود بـه الـى عصـر ازدهـار العرب ،وكلمـا لامـس بنايـة تتـرك في كفـه أبيات شعر غنتها أم عبد الله الصغير السيدة الحرة

"ابك كالنساء على ملك لم تحافظ عليه كالرجال "

أوجس في نفـس يوسف خيفـة أن يضيـع حب ريم ولم يحافظ عليه ،سـر ذلـك في نفسـه ،فلم يتبـق لـه غيـر سـاعات قليلـة للمغـادرة ..تنـاولا وجبـة غـذاء فـي أحـد المطـاعم فـي درب شـراحيل ، علـى الطريـق الكبيـرة المعروفـة بالمحجـة العظمـى ، ثـم بعـد ذلـك عـادا الـى المنـزل ، ليلملم يوسـف أغراضـه دون نسـيان الصـندوق الـذي جلبـه مـن الجزائـر ،وعبـد القادر بدوره لم يأخذه فضول معرفة ما يحتويه هذا الصندوق القديم ..

....

ربطـت ريـم مكالمـة فيـديو مـع يوسـف عبـر الوتسـاب، لتتفقـد أحوالـه ولمعرفة مكان تواجد ،،

ريم : فين وصلت ؟ واش راك تتحوس يوسف؟

يوسف :أييـه.. كنت بـرا نـدور.. مـع صـاحبي عبد القـادر شفت المدينـة القديمة هنا في قرطبة

ريم :مليح، واه ...مليح راك تغذيتي ولا باقي؟

يوسف : أنا عاد لقيتني غادي نمشي للمطار ان شاء الله

ريم :مليح. رواح ديني معاك للمغرب ...؟

يوسف : إن شاء الله

شـاهدت ريـم كـل الشـوراع التـي قطعهـا يوسـف عبـر الفيـديو ، بـل كانـت تسـجل هـذه المكالمـة لتعيد مشـاهدتها مـرات أخـرى...يوسـف بـدوره زودهـا بكـل الصــور التـي التقطهـا أمــا أسـوار المدينــة وحصــونها ،والتماثيل الشاهدة على عبق التاريخ و الحضارة في قرطبة .

أقلعت الطائرة مـن واعتلـت سماء مدريـد ، أحـس يوسـف بقليل مـن التعب ،فقـام بجـر مقعـد الطـائرة وجعلـه متكـأ مريحـا ،فـألقى جسـمه المنهك عليـه وغطـى وجهـه بالقمـاش الـذي أعطتـه لـه ريـم قبـل تفرقهمـا ...وهـو فـي رحلـة سـافر بـه النـوم حـوالي سـاعة ونصـف قبـل أن تحـط بـه الطـائرة فـي مطـار وجـدة أنجـاد ،يـا لهـا مـن رحلـة متعبـة لكـن رحلتـه هاتـه لـم تـذهب سدى ،بل جلب معه ما شد الرحال من أجله إنه الصندوق ....

دخـل يوسـف إلـى المنـزل، فوجـد المائـدة تنتظـر اجتمـاع الأفـراد، عليهـا (طـاجين ؛ وجـدي) وخبـز الفـرن التقليـدي المجمر ..فمـا كـان مـن يوسـف الا ان التقط صورا لهذه المائدة المنتظمة و الشهية، فبعثها لريم..

ريم :طنجية أو طاجين، انا سمعت ب طنجية يقولون أنها في فمراكش

يوسف : نعم معروفة.. وبنينة بزاف، وحتا طاجين وجدي بنين.

ريم : مليح .شهية طيبة

لا ينقطـع حبـل التواصـل بينهمـا حتـى فـي أوقـات الأكـل ، يوسـف جعـل ريـم كواحـدة مـن الجالسـين ،يشـاركها كـل لحظـة تمـر مـن حياتـه ، وكـذلك

ريم تسير على شاكلته ، دخل يوسف لغرفته وهو يتحدث في الهاتف معها حديثا مهنيا ، يحسبه السامع حديثا يدور بين عاملين في مؤسسة ما تقول ريم بصوت يطبعه الجد

ريم: أعتقد أننا بحاجة إلى العمل معًا لتغيير النظرة السلبية بين شعبينا. قصصنا يمكن أن تكون جسرًا للتفاهم والمحبة..ومن شأنها تعود بالنفع علينا مستقبلا .

يوسف: أنا أوافق تمامًا. إننا نحمل مسؤولية كبيرة في تشجيع الحوار والتعاون بين الجميع. لا بد أن نقدم صورة جديدة، تبرز التواصل الإنساني بيننا، ونبين من خلالها ان العزيمة و الإرادة قادرتان على تحقيق أشياء كثيرة ،بما فيها إعادة العلاقات الى سالف عهدها ,

ريما (بتفاؤل): إنها فكرة رائعة! يمكننا تبادل تجاربنا وعاداتنا وقصصنا في كتاب مشترك، ثم ينشر في كلا البلدين.

يوسف (متحمسًا): أعجبتني الفكرة! يمكننا أن نكون صوتًا للمحبة والتعايش السلمي بين الشعبين، لتذويب الحواجز التي تقف بيننا.

لقد صار الحب يتوغل بينهما و يرسم له مسارا أرحب ، بل صار قطارا مكوكيا ينطلق من والى قلب ريم و من والى قلب يوسف ، تذوب بينهما كل قصائد العشاق وخواطرهم .

شرعا في التخطيط لكتابهما المشترك .يتبادلان الأفكار الأولية ، يجتمعان في الأماكن العامة وفي بيوتهما، وبين أحضان الطبيعة ،كل ذلك يتم عن بعد ، يتعلمان من بعضهما البعض . يكتبان القصص التي يشاركونها عبر صفحاتهما الفايسبوكية ،إنها مرحلة التخطيط بعدها ستأتي مرحلة التدوين بينهما بشغف وحماس.

لقد انكبا على العمل المشترك، وجمعا كل قصصهما ولحظاتهما منذ اللقاء الاول، ودوناه في كتابهما ووضعا له عنوانا جذابا، يفتح شهية القراء من كلي البلدين،، عنوان الكتاب هو " حدود ذائبة" ،، لقد أوردا فيه الإرادة والعزيمة وقبول بعضهما البعض، والحب الكبير و الانفتاح الذي بسط ذراعيه بينهما ،، والإيمان الراسخ بأن لا شيء يقف أمام الشعبين لتحقيق ما لم تحققه السياسة،،

بدأت صفحات الكتاب تمتلئ ،كل صفحة في الكتاب الملهم تبتدئ بإشراقة صباحية معطرة ،وتنتهي بغروب شمس الحب تاركة خلفها سمر الليل الدافئ الطويل حتى تطل الإشراقة من جديد ،وهكذا دواليك.

الكتاب يتضمن 600 صفحة، كل صفحة فيه فتحتها بشكل عشوائي الا وشممت فيها رائحة الحب والسلام والتعايش، فماذا سنحقق في هذه الحياة ان لم نعش معا فيها بحب وسلام وطمأنينة ، لا نحصد من الحقد و الكراهية غير التفرقة و الفتنة و الآثام... أفلا تعقلون.

صارا على هذا الدرب المزين بأكاليل الورد ما يزيد عن سبع سنين حتى جمعا مادتهما بكل تفاصيلها الملهمة ، وأعلن أخيرا على نشر الكتاب في كل من المغرب و الجزائر في اليوم نفسه، يحمل العنوان السالف الذكر، لمؤلفيه (يوسف وريم).. نشر الخبر في الصحف و المجلات، وكذا المواقع التواصلية الاجتماعية، فلقي تفاعلا إيجابيا كبيرا من رواد هذه المواقع. كلما نشر خبرهما على الفايسبوك الا وحصد الملايين من الاعجابات و التعليقات ،بل صار التفاعل يتخطى الحدود الجغرافية لكلي البلدين ،ليصل الى الدول العربية ودول الساحل المتوسطي ،كما صار مادة دسمة للنشرات الإخبارية التي أذاعته على أوسع نطاق.

سال لعاب العشاق حول لقاء يوسف وريم ،وصار حلم كل المتابعين هو لمس غلاف الكتاب ،حيث تتسرب احاسيسه نعومة وكأنه لامس الحرير ،

حتى ان هناك من العاشقات من صرخت بأعلى أصواتها وكأنها قد حل بها مكروه ما ،في حين هي عبرت عن قلبها الممتلئ بالحب ،ففجرت ما بداخلها أملا أن تصير ك " ريم " .

تراها طبيعة في كل تفاصيلها ، شمس تدفئ بأشعتها المناسبة لكا لحظة من لحظات اليوم ،تطل من تباشير الجبال معلنة قدومها في ابتسامة تختلف عن سابقتها وعن لاحقتها ، ومع مرور اللحظات تزداد أشعتها توهجا أملا في زيادة التوهج في قلب العاشق الولهان ، وحين

يصـر متخمـا بالحـب ، يـرقص علـى شـراقتها واطافتها لحظـة تحركها في فلك العشـق ،وهـي فـي الطريـق الـى الـزوال والغـروب حتـى إشراقة أخرى أعظم من هذه .

شجرة ضـخمة تفرش الظـلال مـن حولها ،خضـراء منـداة بالطـل ،العاشـق بـين أغصـانها يخـال نفسـه تحـت سحابة عامرة بالمـاء ، يشـم حـول رائحـة عبيرهـا مميـز بـين الأشـجار ،اوراقهـا هندسـية الشـكل ،مختلفـة الألـوان ، ذات ثمـار حبـات الكـرز ...يتخللهـا الـريح بـين أغصـانها حتـى يغـار منـه العاشق المستظل بظلها .

كل هـذا وأشياء أخرى كانـت تتسـم بـه هـذه العاشقة التـي صرخت بـأعلى صوتها راغبة أن تشق مسارا كمسار ريم ..تحكي لنا أمها .

في حقيقـة الأمـر أن العلاقـات العاطفيـة الغراميـة كثيـرا مـا لا تتجـاوز المجـال الـذي يسكنه العاشقين ، فإن لـم تكـن في الحـي ،كانـت فـي حـي آخـر ،وان لـم تكـن في نفس المدينـة كانـت في مدينـة أخـرى ، وقليل مـا تتخطـى الحـدود الدوليـة ، أمـر نـراه أعظـم وأكبـر مـن أن نتخيلـه ،فضـلا عن أن نقدم عليه .

بـدأ الاهتمـام بالكتـاب و المؤلفين يـزداد يومـا بعـد يوم مـن قبـل الجهـات العاليـا، منبهـرين بهـذا العمـل الضـخم الـذي سيثمر و يعطـي أوكلـه فـي القادم من الأزمنة،

بعد مرور أسبوع على الخبر، جاءت ليوسف دعوة من إحدى القنوات التلفزية لاستضافته من أجل مناقشة كتابه ، وتسليط الأضواء عليه .
قبل يوسف الدعوة بكل فرح وسعادة،، فأخبر ريم بالموعد، قصد ربط الاتصال بها لتشاركه الاستضافة حتى وسط البرنامج و أجواء النقاش

جاء اليوم الموعود، جمهور غفير من الجزائر و المغرب تتابع مجريات النقاش بشغف، وهناك من القنوات من شاركت المباشر كذلك...

انتشر كتابهما في نقط بيع كثيرة، في مختلف المكتبات المغربية والجزائرية، صارت أحداث الكتاب مصدر الهام للمحبين والعشاق، حتى من لم يدخل بعد في علاقة حب، يمني النفس بأن يحذو حذو يوسف وريم...

لقد حقق الكتاب مداخيل كبيرة، ولازالت الطلبات تتقاطر هنا وهنالك، لم يحد الربح يوسف وريم عن هدفهما الأساسي، والذي من أجله كتبا هذا الكتاب، بل استمرت عجلة التواصل بينهما في الدوران،

لقد قررا أخيرا إنشاء جمعية لنشر السلام و التسامح بين الشعبين، صار يوسف عزيزالقوم رئيسا للجمعية، وريم نائب الرئيس، مع أعضاء من كلي البلدين، واستقطبت الجمعية جمهورا واسعا من المنخرطين..

لقد ترقى يوسف الى مراتب لم يكن يتوقعها ،لكن الإرادة وحب الخير يقفان أمام كل مستحيل ، لقد بدأت الثمرات تينع ولربما حان قطافها

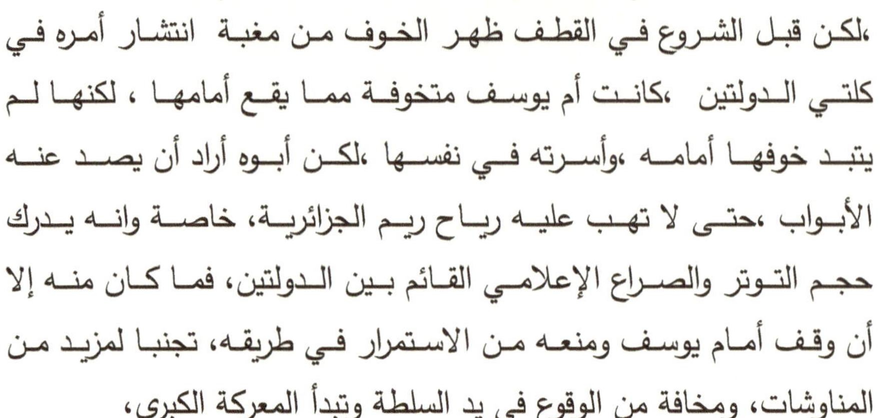

،لكن قبل الشروع في القطف ظهر الخوف من مغبة انتشار أمره في كلتي الدولتين ،كانت أم يوسف متخوفة مما يقع أمامها ، لكنها لم يتبد خوفها أمامه ،وأسرته في نفسها ،لكن أبوه أراد أن يصد عنه الأبواب ،حتى لا تهب عليه رياح ريم الجزائرية، خاصة وانه يدرك حجم التوتر والصراع الإعلامي القائم بين الدولتين، فما كان منه إلا أن وقف أمام يوسف ومنعه من الاستمرار في طريقه، تجنبا لمزيد من المناوشات، ومخافة من الوقوع في يد السلطة وتبدأ المعركة الكبرى،

لقد ذاع صيت يوسف في الإذاعات والتلفزيون، لم يكن يتوقع أن هذا الأمر سيؤدي به الى هذا المستوى و الى هذه الشهرة، لقد أضحى من الشخصيات المهمة في المغرب كما في الجزائر،..تم استدعاؤه عدة مرات لاقاء محاضرات، ولم يمانع، كما تم استضافة ريم في مجلس العلاقات الدولية، حتى أصبحت حديث كل مثقف جزائري.

ريم ازدادت تعلقا بيوسف، ولا ترى أمامها غير التعجيل بالزواج، خاصة وأن علاقتهما المبررة صار يعلمها الكل تقريبا في كلا البلدين، ومن الجالية من يعرفها،وكثيرا ما سؤلا عن مستقبل علاقتهما، غير ان الجواب على هذا السؤال لم يحمل حسما قاطعا، بل يكاد الجواب يكون واضحا، بل لربما السؤال عنه كان زيادة وحشوا،،

ريم بدأت تفكر في الارتباط الأخير بيوسف، الارتباط الذي سيضع آخر لبنة لحياتهما، و يزيل المسافات إلى الأبد جغرافيا،

فرغم ابتعادهما عن بعضهما، فإن قلبيهما في قلب واحد، كل لحظة تمر بينهما إلا وتكون أسعد من التي مضت.

أخبرت ريم عائلتها بالأمر ، فلم يعارض منهم أحد غير عبد القادر، الأخ المتوسط لـريم، انبسط لـه اللسان واتخذ المستقبل الغامض للعلاقات بين البلدين سببا رئيسيا لـذلك، خاصة التوتر الذي يزداد يوما بعد يوم بينهما،،

عبد القادر :أنت راك أختي، ومنا بابغي لك تعرضي راسك للخطر!!

ريم : واش من خطر راك تتكلم عليه؟

عبدالقادر (منزعجا) :معلا بالكش بللي المروك عديانا!

ريم : راك انت مفهمنيش،، على هذ السباب انا باغي نتزوج بيوسف

عبد القادر : انت راك وهرانية وهو من العاصمة الرباط،، كيف راح تجمعوا..؟ وكيف تفهمو بعضكم

ريم : حنا متفاهمين.. وهدشي اللي راه دوزناه مساهلش.. وانا واياه بغينا نربطو العلاقة بين المغرب و الجزائر..

وقف عبد القادر بسرعة وغادر المنزل، يبدو ان أثر الانزعاج ما يزال يظهر على ملامحه، لعله قبول غير مصرح به.. تنفست ريم الصعداء، و أدركت أن عبد القادر لم يكن قاسيا بتلك الدرجة، ليمنع قيام هذا الزواج، كما أدركت أنه سيقبل به مهما طال رفضه، إنها مسألة وقت وسيتغير، فالزواج بين شخصين فرقتهما مسافات طوال، مع التوتر و الصراع الذي يطبع العلاقات بين بلديهما، أمر صعب

جدا، عبد القادر يعلم أن الأرزاق والأنصبة والقسم تختلف، وكيفما كان الحال ،فإن قصة ريم مع يوسف حتما ستختلف عن قصته مع حبيبته المغربية التي لم يكتب لها النجاح ، وكأن هناك اتفاق مبدئي يجول في ذهنهما مفاده " دع هذه الفرصة تنجح ، ودعنا نربط ذك احبل الذي لم يكتب له الربط بينكما" ، تتذكر ريم تكل اللحظات التي عاشها عبد القادر مع حبيبته المغربية دامت قرابة أربع سنوات ، تتذكر تلك الهدايا التي يرسلها الى المغرب ،مرة عن طريق تونس ،ومرة يرسلها عن طريق فرنسا ،لكن رغم تأخرها لكن تصلها الى المغرب ،وتتذكر تلك المكالمات الليلية الوردية التي لا تنتهي ،كان ذلك زمانا عبد القادر تغير ،لكنه متفهم لمشاعري، أكيد أنه لا يعترض على هذه العلاقة التي تربطني بيوسف ،.

في جلسة غير منتظمة جمعت يوسف بأبيه وأمه ،يخوضون في قضية يوسف بريم ،وصلبهم الحديث الى أن قال لأبيه :

فعلا الأمر صعب، سلكت هذا الطريق، لم اختاره بل القدر هو من كتبه لي، وجمعني بهذا الشابة المفاجئة، وكذلك سبب، لعلنا نعود كما كانا سابقا،، كل شيء سيمر بخير أبي اطمئن. تذكر الأب صديقه المقرب المهدي المولع بأخبار الفيسبوك، و المتتبع لصناع المحتوى ،، حيث لم يخبره بهذه القصة بعد ،رفع الأب رأسه وقال؛

"أوا الله إيدير شي تاويل تاع الخير، هدشي معرفناش في غيخرجنا."

انصرف الأب متوجها صوب مقهى الحي حيث كان يجتمع مع أصدقائه كل يوم تقريبا بعد صلاة العصر، لم يستغرب النادل من قدومه في هذه الساعة، لكونه يسكن بجوار المقهى، ولا غرابة إن قدم أي وقت.. جلس الأب واضعا رجله اليمنى على اليسرى، ويده على خذه، لقد سافر به موضوع يوسف إلى أقاصي التفكير، وجعله يضع لمخرجات هذا الموضع سيناريوهات محتملة، ويذوب في خلجاته أسئلة كثيرة،أحقا يعقل هذا؟ هل سنصبح أنسابا من دولتين مختلفتين؟ كيف سيتم ذلك؟ أعتقد أن الأمر مجرد تخييل ولا يمكن تحقيقه؟؟

فكر مجددا في صديقه الذي يكن عداء للجزائر، فزاده ذلك غضبا و اكفهرارا،، عاد مجددا الى المنزل، فوجد زوجته تتحدث عبر الهاتف مع أختها من مدينة العيون، تقص عليها أمر يوسف.. انتظرها حتى انهت المكالمة، فنظر إليها نظرة شزراء وقال لها :

ينبغي أن نوقف يوسف على الأمر الذي يتخبط فيه، يسفتح علينا بابا يصعب علينا مستقبلا إقفاله، نحن نعيش توترا شديدا مع الجارة الجزائر، وهو يعلم هذا.

ردت عليه الأم بابتسامة عميقة، تعبر عن سرورها بهذا الأمر : عليك أن تضع في حسبانك أولا أن الله تعالى إذا كتب أمرا فلا مرد له، ثانيا أنا لا ارى في الموضوع ما يدعو للشر او المكر، بالعكس هي خطوة جيدة جدا، علها تكون سببا لربط العلاقة بين المغرب و الجزائر مرة أخرى.

بعـد صـلاة العصـر، توجـه الأب مجـددا إلـى المقهى، فوجـد أصدقاءه جالسـين، قهقهاتهم تسـمع مـن خـارج المقهـى، جلـس الأب جانـب المهدي، أحظـر لـه النـادل قهوتـه المعتـادة، المهدي وهـو يتصفح هاتفـه، يقول:

وكدير السي ابراهيم لبس بخير...؟

الأب متنكرا : بخير ولله الحمد..

المهدي : كيف حال صحاب الدار؟

الأب : اللهم لك الحمد، بخير

المهدي : واحد يوسف واش لبس عليه..؟

الأب سكت قليلا : آه آه بخير...

المهدي :امـدرا فـين وصـل فالمشـروع ديـالو؟ راه خاصـو اوجـد راسـوا مزيـان هدشـي مفيهش لعـب، القضـية فيها الخارجيـة الدبلوماسية و سفير السلام..

الأب ازداد تغيـرا ممـا سـمعه :أودي راه نـاوي اتـزوج ديـك الدزايريـة، وقالـك خـاص اكـون هـد الـزواج ضـروري بـاش اكـون عبـرة لشـباب الـدولتين، وميكونش العداء..

المهدي بـدوره تغيـر بسـماعه لهـذا الكـلام : هدشـي اللـي بغينـا كـاملين، وليني غدي يولي محط سخرية عند الاغلبية، وغيكونو مشاكيل

الأب ازداد غضـبا، وتهيـأ لمغـادرة المقهـى،:كنظن بلـي عنـدك الحـق، آش بينا وبين شي صداع، غدي نمشي دبا نهدر معاه..

المهدي يخفي سروره بحال الأب، مظهرا قلقه، يبدو أن يوسف في موقف محسود عنه سواء من قبل المهدي او غيره : وسير سير قبل ميفوت لفوت..

في طرسقه الى البيت تساقطت عليه أفكار كقطرات المطر ، على هيأة أسئلة داخلية ،

ماذا لو حقق يوسف هدفه ، وتمكن من بلوغ مراده ،ويكون سببا ومثلا يحتدى به من قبل شبابنا وشباب الجزائر ،وتجاوز كل الخلافاتت التي فرقتنا ،، و إن كان الأمر بالعكس فالزواج ليس عيبا ،أعتقد أنه سينفع ولا يضر أبدا ،فلماذا أرفض الأمر

ما إن وصل البيت حتى تغيرت ملامحه ،ورق قلبه ، وحن الى طلب ابنه يوسف ،

الأب بكل هدوء : السلام عليكم

الأم مع يوسف بصوت واحد : عليكم السلام ،

الأب : لقد فكرت في أمرك بني جيدا ،وقررت الموافقة لكن بشروط ، يجب أن تتحمل عاقبة الأمر إن وقعت لا قدر الله ، أنا وأمك بريئان من هذا ،نحن لا نعترض عن زواجك بتلك الجزايرية ،ولكن ما سيترتب عنه بعد ذلك

الأم : كل شيء سيمر بخير إن شاء الله ، اطمئن

يوسف : نحن نسعى لنشر الحب و الخير بيننا ، كما نسعى جاهدين لنبذ كل أسباب الكراهية بيننا ،ومن منا لا يريد عودة العلاقات كما

كانت ،فإن تخقق الأمـر فبـه و نعمـة وان لـم يتحقق نكـون علـى الأقل قد تزوجنا وضرنا مثالا للحب و الوفاء الذي يخترق الحدود الجغرافية ،

الأب : لكـن كيـف سـيتم هـذا الـزواج ؟ ومـن أيـن سـنبدأ لـه ؟ يبـدو أن الأمر جد صعب ،يتطلب وقن كبير وجهد وفير .

الأم بكل تفاؤل : كل صعب سيهون ان شاء الله ، يسر الله لنا .

أخبـر يوسـف ريـم ب الأمـر ،أخيـرا سيبتسـم الحـظ لهمـا ،ويتـوج هـذا المسـار الطـول بالاجتمـاع الـذي لا فـراق لـه، أخيـرا سـيربطان الماضي بالحاضـر وسـيخيطان الجرح بخيط الحـب الأبـدي ،وبضـمادة الأمـل و التعايش بين الشعبين الشقيقين .

زفت ريـم الخبر لأهلها ،فعمت الفرحـة قبل موعد الزفـاف ،بدأ يضعان الخطـة المناسبة لمراسيم الحفل ،بعد مـرور مـا يقارب شهرين ، مـن عـام 1063، تجـدد الحمـاس وتوقـد فـي ملامـح يوسـف وهـو يترقـب موعد الانطـلاق ،إنهـا بدايـة رحلـة العمـر ،لقد انكسرت فـي دواخلـه مسبقا كـل تلك الصعاب و التحديات التي سيواجهها في طريقه نحو ريم ،

الان فـي المطـار ، والسـاعة تشـير الـى الثامنـة والنصـف ، أمـام يوسف حقائـب كثيـرة ،مختلفـة الأشـكال و الألـوان ،لـم يقـتن بعد الهـدايا و العطـور و الفسـاتين الأنيقـة لـريم ، تعمـد تـرك ذلـك حتـى يصـل الـى العاصمة الفرنسية باريس ، ومنه الى وهران .

المنـادي ينـادي فـي مكبـر الصوت المسـافرين للتوجـه و الصـعود ، ظـل على هـذا الحـال قرابـة نصف سـاعة وهـو ينـادي ،حتـى ظن يوسف أنـه يؤكـد لـه الأمـر حتـى لا يتـأخر ، أو أمـه يعلـم وجهـة يوسف ، صـعدوا

الطائرة ،وربطوا أحزمة للاقلاع ،يوسف لم يهتم لما يحدث للمسافرين خلال الاقلاع ،شغلته عن ذلك ريم ،أما الأب والأم تراهما مندهشان، يبديان ردة فعل غريبة خاصة اولئك الذين يركبون الطائرة لأول مرة رفعت الطائرة جناحيها ،وحركت عجلاتها ،فتجدد الأمل و الفرح في تقاسيم الأم ،حيث تبادلت النظرة مع يوسف ، انطلقت الرحلة تاركين أعينهم في المطار و الأحياء التي تظهر من بعيد عبر نافذة الطائرة،وهي ترتفع على الأرض شيئا فشيئا ،

نظر الأب الى يوسف متحسرا : لو لم تكن الحدود مغلقة ،لقطعنا فقط مسافة لا تتجاوز الخمس ساعات ، من الرباط نحو وهران مباشرة .

نعم أبي : مع الأسف

الأب : كم سنبقى في فرنسا قبل التوجه الى وهران ؟

يوسف : ساعتين بالتحديد

الأب : لماذا لا نمكث فيها يوما أو يومين ،حتى يتسنى لنا اكشاف بعضا من معالمها ،

يوسف : ربما قد نفعل ذلك خلال عودتنا من الجزائر

خيم عليهما الصمت برهة من الزمن ، فى تأمل مستمر في ركاب الطائرة ،يتلقفون كلمات عربية مغربية واللهجة الشرقية بالتحديد ،

يوسف كان قريبا من شاب ذوي عضلات مفتولة ،ووجه وضاح ومبتسم ، يتحدث في الهاتف باللهجة المصرية ، سمعه يوسف وهو يقول : "" انا كويس ،و المغرب أحلى كويس ،رحت خطبت فتاة في وجدة ، عشان نتزوج السنة اللي كاية ""

ابتسم يوسف مما سمعه ، يبدو أنهما قدرهما متزامن في هذا اليوم ،بل في هذه الرحلة ،وأن الحب لا يعرف الحدود الجغرافية ،فالحب يصنع المعجزات .

صعد مساعد ربان الطائرة منصة صغيرة حاملا بيده مكبر الصوت ، لم ينتبه له أحد ،الا عندما بدأ كلامه :

أيها المسافرون ،سنضطر لتغيير وجهتنا الى مطار مدريد الدولي ، نظرا لوقوع سوء تفاهم في الغرفة التقنية الخاصة بالخطوط الجوية ،لدى لن نتمكن من الذهاب مباشرة الى فرنسا،

خفضت الطائرة أجنحتها في سماء مدريد {مجريط}، فنزل المسافرون ليشموا ريحا عربية تحولت عبر التاريخ ذاكرة منسية ،إذ لم يعد التحسر عليها مبررا كافيا يشفي الغليل ،بل نسيانها صار واجبا ،اختلط المسافرون في المطار ،وتعال لغطهم ،ولم يلتقط يوسف في أذنه غير كلمات ذات لكنة عربية ، المكان يعج بالناس من مختلف الإثنيات و الثقافات

أقلعت الطائرة من جديد ، فتنفس يوسف الصعداء ليخاطب نفسه في صمت ...أخيرا

يـا طــائـرة اقلعـي فشـوق اللقــاء بـريم احـر مـن الجمـر، طاوعتــه اجنحـه الطـائـرة لتعـانق السـماء نحـو الجزائـر ... وريـم بـدورها هنالـك فـي العاصمة بالجزائر تنتظر قدوم يوسف وعائلته للقاء الاغر.

حقيقه فالحب لا يؤمن بوادي المسافات..

"لا تعـذل المشـتاق فـي اشـواقه حتــى تكـون قـد حشـاك فـي احشـائه " المتنبي

مـرت ســاعات طـوال،، الطـائـرة مـا تـزال تـرقص فـوق اجـواء البحـر الابـيـض المتوسـط فـي اتجـاه الجزائـر...استغل يوسـف هـذه المسـافات وهذه الساعات الطوال في استعاده ذكرياتهم منذ اللقاء الاول بريم و تأكـد ان المواقـف قـد تصنـع مجـدا وقـد تصنـع تاريخـا لا ينسـى فـي الحيـاة. كمــا ان الولــه يصنـع المعجـزات....وأن الـذي لـم يـذق طعـم الخسارة والتضحية لا يستمتع بنعمة السعادة في الحياة...

بـدأت الطـائـرة تقتـرب شـيئا فشـيئا مـن مطـار العاصـمة الجزائـر، وريـاح العشـق والوفـاء يتسـربان مـن نوافـذها .. لـم يلبثـوا غير سـويعات قليلـه حتـى اعلـن ربـان الطـائـرة عـن الوصـول الـى المطـار.. هنـا وجـدوا ريـم وابويهـا ينتظـرون قـدومهم بـاحر مـن الجمـر،، تصـافحوا وتعـانقوا وحيـوا بعضـهم بعضـا،، هـب الهبـوب وتراقصت الاشـجار فرحـا بقـدوم يوسف وابويه.. اخيرا اجتمع العاشقان

لقد حضـي يوسف وعائلتـه باستقبال حـار مـن طرف الأسـرة بـالجزائر ,
وتكسرت في دواخلهم تلك الافكار المسبقة خاصة مع أبوي يوسف...

لقد جهزوا لهـم المنـزل والآتـات وكـل شـيء على مـا يـرام، وريـم
في غايه الفرح والسرور ..

يـوم الخمـيس اليـوم المـوعـود يـوم الزفـاف يـوم الفرح والسـرور يـوم الحيـاه
الجديـدة... اصطفت الصـحافة علـى جانـب القاعـة والكراسـي ممتلئـة
ومرتبـه بعنايـه متقنـه، والـورود منثـورة فـي كـل مكـان بالقاعـة ومـن كـل
زاويـه فيهـا، لقد حضـرت كـل الـدعوات الموجهـة، صـداقه القاعـة بمـا
رحبت من المدعوين،
فجأة اهتـزت القاعـة بإيقـاع موسيقي جزائـري،،، الزغاريـت وتنهـال مـن
كـل مكـان،، ومـن اصدقاء يوسف الـذين لـم يتمكنـوا مـن الحضـور الـى
حفـل الزفـاف لكـنهم يتـابعون حفـل الزفـاف عبـر المواقـع التواصـل
الاجتماعي مباشرة

لـم يتوقـع يوسـف يومـا مـا ان تصـير الامـور بهـذا الشـكل، مـرت
ليـلة الزهـور ، واخيـرا تمكـن يوسف مـن قطف تلك الزهرة التي تمناها فـي
حيـاتهم، وبهـا انطفـأت شـمعه العزوبيـة وبدأت حيـاه الزوجيـة مـن جديـد..
ريم العاشقة الولهانة التي ملأ يوسف قلبها حبا شديدا.

ابتسم الكل وهش وبش بما فيهم عائله يوسف واريم، طاوعتهم الطبيعة فرحا بنسيمها العطر والهادئ، يوسف وريم ليس شخصان عاديان بل هما سفيرا السلام بالمغرب والجزائر، صار حفل زفاف يوسف وريم يبث في قنوات رسمية، وجرائد ومجلات عديدة،، لتتقاطر عنهما رسائل التهنئة من كل الأقطار العربية

لقد تم كل شيء بنجاح كبير ، وصار رباط الحب يشتد يوما بعد يوم ، شهرا بعد شهر ،حتى إذا رأيت يوسف ترى ريم ،وإذا رأيت ريم ترى يوسف ،

ازداد هوس بوسف بمدن الجزائر وافتتانه بجمال وطبيعة أريافها ،وهذا الهوس لا يقل عن هوس ريم بالثقافة المغربية ،فنظما معا رحلات استكشافية إلى العديد من المناطق في المغرب والجزائر، حيث سافرا معا الى ولاية سكيكدة الفلاحية وهي من المدن الضاربة في عمق التاريخ ، يمتد الى الفنيقيين ،تعرفا على تراثها الثقافي واستمتعا بالتنوع الطبيعي والمناظر الخلابة.

بعد شهر حلا معا بولاية تمنراست العريقة تاريخيا ، والمعروفة بنقوشها الحجرية التي لا زالت تحتفظ بالذاكرة التاريخية للجزائر ،تعتبر أكبر متحف في الهواء الطلق لفنون ما قبل التاريخ .

في الثالث من جويلية من عام 3001 ، حل يوسف مع زوجته ريم بالمغرب ، فلقيا ترحابا واسع النطاق من طرف الصحافة و الإعلام و

كافـــة المحبـــين و المعجبـــين علــى مواقـــع التواصــل الاجتمـــاعي ،و الصـحف الاليكترونيـة و الورقيـة وضـعت عنوانـا بـارزا لهـذا الخبـر فـي أولـى صـفحاتها بقـدوم سـفيري السـلام بالمغرب و الجزائـر ، كمـا انتشـر خبـر عزمهمـا علـى إنشـاء جمعيـة باسـم ريم للأعمال الخيريـة مقرها وجدة ،

بعـد أيـام تخلصـا معـا مـن تعـب السـفر و صـخب المسـتقبلين ،قـررا أن يبـدأ جولاتهـا فـي كـل ربـوع المملكـة ،بـدأ بمـدن الشـمال ،واتمـام صـفحات كتـاب الحـب بأحـداث "حـدود ذائبـة" ،أمـا فالقلوب قـد احتشـدت حبا حتى التخمة

ريـم امـتلأت فرحـا وسـرورا ،لقـد كلفـت أعضـاء جمعيتهـا باقتنـاء جميـع الضروريات و الحاجيـات التـي يحتاجهـا الفقـراء و المعـوزين القابعين فـي الأريـاف و المنـاطق النائيـة ،كمـا سـخرت منخرطيهـا فـي اقتنـاء الكتـب مـن كـل المجـالات قصـد تزويـد الخزانـات بهـا سـعيا لنشـر العلم والمعرفـة و محاربة الأمية ،،

صبيحـة الخمـيس ، الثامـن عشـر مـن نونبر حطوا الرحـال بمدينـة طنجـة عـروس الشـمال ،لـم يتكسـر لـدى ريم ذلـك الأفـق فـي مخيالهـا ، ولـم تتـف مـن ذهنهـا كـل مـا رأتـه بعينهـا علـى منصـة يوتيـوب حـول المغرب منذ مـدة ،بـل متـا ينقصـها غيـر رؤيـة ذلـك فـي الواقـع لتسـبح فـي بحـر سـعادتها المطلقـة ،فبقـدر مـا تحـب يوسـف حبـا منقطـع النظيـر ،تحـب المغـرب وثقافته من الشمال الى الجنوب ومن الشرق الى الغرب ،

أخيرا وصلت القافلة الى منطقة نائية قرب مدخل طنجة ، تسمى سيدي اليماني الهضبية ،و المتميزة بطبيعتها الخضراء الكثيفة ،وبأنهارها المتعددة كنهر عياشة ،الوادي الحلو ، وادي سالم ...

اصطفت السيارات قرب ضيعة فلاحية ،فنزلوا للاستراحة واستكشاف المكان ،فاقترب منهم راع للغنم ،ظنا منه انهم أضلوا الطريق ، صاح قائلا :

السلام عليكم

رد يوسف ومن معه جماعة :

عليكم السلام و رحمة الله و بركاته

راعي الغنم :

هل تبحثون عن وجهتكم ؟

- يوسف :

لا ،وقفنا للاستراحة و الاستمتاع بالمكان ،بعدها سنكمل طريقنا إن شاء الله

- راعي الغنم :

أعانكم الله وسدد خطاكم

- يوسف :

نحن جمعية خيرية مشتركة بين المغرب و الجزائر ،تهتم بالاعمال الاجتماعية و مساعدة الفقراء و المحتاجين بكل من البلدين

- راعـي الغنم صمت قليلا فجأة أدمعت عينـاه ،فهمت ريم مغزى هذه الدموع ،فاقتربت منه لتحضنه

- ريم :

واش اسمك ؟؟

- راعي الغنم :

أنـا العايلـة سميتي سميت جدودي هنا ، للي مشـاو للأنـدلس وقتهـا وخلاونـي صـغير ،اسـمي الطـاهر بنـي رزيـن ، هدشـي كـان بكـري ، وبقيت شبرت بالارض وقاومت ،،واش انمتوما من الدزاير ؟

- يوسف :

أنا من وجدة وريم من الدزاير ،

- الطاهر :

وعلاش أخويا باقي متصالحناش مع الجزائر ؟

- ريم :

إن شـاء الله يـا الحـاج قريـب غـادي نتصالحو ونرجعو كيف كنا

الطاهر :

الله اعاونكم يا اولادي

غـادروا المكـان وتركـوا الحـاج الطـاهر يتحـرق بسبب مـا آلـت إليـه الأمور بـين البلدين ،فلم يطفئ مـا قدموه لـه من المـال من هذه الحرقـة ليبقى السـؤال عالقـا بجدارها ، إلى متى ستنفرج ؟؟ ، دلهـم على القرى التـي في أمـس الحاجـة للمساعدة ، لقد نبت ربيـع يوسف وريم في كـل منطقـة حـلا بها ،وغرسوا الحب الحقيقي في قلوب العشـرات مـن الشباب

،في جـل القـرى و المداشـر تركـوا بصمـتهما اسمهما في كتـاب الحـب ،
ومـنهم مـن اكتفـى بقرص مـدمج يوثـق حبهمـا ،في مداشـر و أريـاف
الجهات الاثني عشر بالمغرب.

بعـد زيـارتهم للعديـد مـن القـرى النائيـة بالأقـاليم الشـمالية ،كشفشـاون و
تطـوان و العـرائش ووزان ،حطـوا رحـالهم بـإقليم الحـوز حيـث لـم يجلبـوا
لهـذه القـرى الحوزيـة مسـاعدات ماديـة فحسب ،بـل جلبوا الحـب الإنسـاني
و السرور و الفرح ، والأخوة الذائبة للحدود الجغرافية.

جماعـة إغيـل الواقعـة فـي ضـواحي شيشـاوة التابعـة لجهة مـراكش ،تلـك
الجماعـة التـي اعلـن لهـا الجميـع مـن داخـل المغـرب وخارجـه الحـداد
،القريـة التـي أذرفـت عيـون المغاربـة ، إنهـا المنطقـة التـي حـزن لهـا الكـل
يـوم أن تحركـت بهـم الأرض ،إنـه باختصـار يـوم الحـزن 8 شـتنبر
2023....ريـم تقـف علـى رأس جبـل مقابـل لهـذا الـدوار الـذي تخشـع
وتصـدع مـن الزلـزال ، تلـتقط بقلبهـا صـورا قبـل أن تلتقطها بالهـاتف ،لا
داعي ليوسف سرد ما وقع يومه ،فالمشهد يبلغ الرسالة .
قطفت ريـم مـن قبها قطوف التعازي علـى هـذه الأطـلال و مـن سكنها
، لتنثرهـا علـى أرواحهـم ،شـاركت بعضـا مـن الفرح والسـرور مـع الأطفـال
الصـغار ،وهم بـدورهم عبـروا عـن بهجـتهم وحبـورهم ،فحلقت تلـك الأحـزان
والفواجـع بعيـدا ،ودت ريـم لـو احتضنـتهم جميعـا ورحلـت بهـم الـى الجزائر

،لكن للتربة حب لا فراق له ،ومهما طال غياب المرء تغربا لابد من العودة لموطنه الأصلي ،

عادوا الى وجدة بعدما قضوا نحو عشرين يوما في قرى و مداشر الحوز وتخوم درعة ،جهزوا الأمتعة قصد الاقلاع الى فرنسا ومنها الى الجزائر .

لقد حدا العديد من الشباب حدوى ريم ويوسف وصاروا على نهجهما في الحياة، وجعلوا قصتهما تتربع قصة على عرش العشق، لقد تزوج العديد من الشباب من شابات على منوال هذه القصة وتلقوا دعما كبير منهما ومن كلتي الدولتين

في الحقيقة ليس هناك حب بلا تضحيات وبلا أسباب وبلا عزيمة

واليكم بعض الزهرات الشعرية الغزلية المقتطفة من مزهريات بعض الشعراء :

يقول امرؤ القيس فى معلقته الشهيرة :

أغرك مني أن حبك قاتلي/ وأنك مهما تأمرى القلب يفعل.

ويقول عنترة بن شداد العبسى لعبلة :

ولقد ذكرتك والسيوف نواهل مني/ وبيض الهند تقطر من دمي

فوددت تقبيل السيوف لأنها/ لمعت كبارق ثغرك المتبسم

قيس لبنى

وإني لأهوى النوم فى غير حينه/ لعل لقاء فى المنام يكون

مجنون ليلى

قالوا جننت بمن تهوى فقلت لهم/ العشق أعظم مما بالمجانين

محمود سامى البارودي

ياهاجري من غير ذنب فى الهوى/ مهلا فهجرك والمنون سواء

أحمد شوقي

يا لائمي في هواه والهوى قدر/ لو شفك الوجد لم تعذل ولم تلم

أبو القاسم الشابي

عذبة أنت كالطفولة كالأحلام كاللحن كالصباح الجديد

إبراهيم ناجي

لست أنساك وقد أغريتنى/ بفم عذْب المناداة رقيق

ويد تمتد نحوى كيد / من خلال الموج مدت لغريق

نزار قباني

أحبك جدا/ وأعرف أن الطريق إلى المستحيل طويل

محمود درويش

يطير الحمام

يحطّ الحمام

أعدّى لى الأرض كى أستريح

فإنى أحبّك حتى التعب

صباحك فاكهةٌ للأغانى وهذا المساء ذهب

فؤاد حداد

ياريتنى أعمى أشربك باللمس

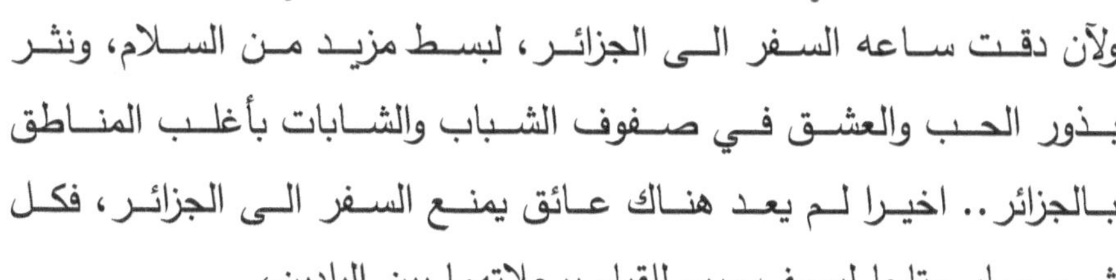

ولآن دقت ساعه السفر الى الجزائر، لبسط مزيد من السلام، ونثر بذور الحب والعشق في صفوف الشباب والشابات بأغلب المناطق بالجزائر .. اخيرا لم يعد هناك عائق يمنع السفر الى الجزائر، فكل شيء صار متاحا ليوسف وريم للقيام برحلاتهما بين البلدين،

ريم هل حجزت التذاكر يا يوسف؟

يوسف اجل،

ريم اين باقي افراد المجموعة؟

يوسف لقد تركتهم يحملون البضائع علي السيارات

ريم :

اخبرهم اننا سنسافر بعد غدا بحول الله، فليكونوا على أهبة الاستعداد.

يوسف :

لقد اخبرتهم من قبل الآن و الحمد لله لا يكلفنا الأمر غير سويعات قليلة للوصول الى العاصمة الجزائر بواسطة السيارات .. وبدن الحاجة الى الطيران.. الحمد الله هذا ما نبتغيه منذ زمن.

باشروا عملهم التطوعي من خلال التنسيق مع جمعيات المجتمع المدني في كل المداشر و القرى من شمال الجزائر الى جنوبها من شرقها الى غربها

لقد صارت قصة يوسف وريم المثل الـذي يضرب الآن في المغرب و الجزائر فـي الحـب بـدل رميـو وجولييـت ،أو ذلـك الحـب الـذي سمعنا عنه بين قيس بن الملوح وليلى أو عنترة بن شداد وعبلة …

ان الحـب يجـب ان يترعـرع فـي كـل بـاكورة فصـل ،ويربـو وينمـو و يزكـو الـى أن يولـد فصـل آخر ليتفتـق مـن جديـد ففـي الصيـف ، تقـرع المواعيـد فـي أقاصـي الأرض أدانيهـا للاصـطفاف و الاسـتجمام فـي أعتـى الشواطئ و أخفضـها ،وأغـر هـذه المواعيـد تلـك التـي تـزف بيـن العشـاق و الـوالهين ،فيتخـذون مـن الطبيعـة حضنـا فاكهـا بـاردا ،ويرسـمون علـى أديـم البحـار ذبـذبات الحـب و التيتـم ،فيجـذبون الشـمس لتغـار مـنهم وترسـل أشـعتها وخطوطهـا فـي مسـاحة السـماء وتزيـد مـن غليـان الحـب بيـن هـؤلاء العاشـقين ،كمـا يرسـل البحـر رسـائله الـى المحيطـات و الأنهـار و الشـلالات لتسـتنفر وتزيـد مـن تـدفقها مـن أعـالي القمـم ،لتسـتقبل الأراضـي كـل هـذه التوصيـات ،وتسـتجيب لهـا وتخـرج مـا فـي بطونهـا مـن كنـوز خضـراء و ترمـي بثمارهـا المنتقـاة ، وتتفتـح ورودهـا مـن كـل الأشـكال و الألوان ،وتلوح لذوي القلوب الحالمة بقطف هذه الورود للمحبوب

الصيـف يـا عزيزتـي خلـيط الطبـاع البيئيـة و البشـرية ،فيـه ينثـر العشـق فـي القلـوب الخصـبة ،وتسـقى بميـاه عذبـة لوعـة قوامهـا المـودة والإخلاص المغطى برداء الرومانسية .

تتعالى الشمس في سماء زرقاء صافية، وتتراقص أشعتها الذهبية على وجوه المحبين. يعبق الهواء بعطر الزهور البرية وتعزف الطيور سيمفونية الحياة ، ويتلألأ البحر بلونه الفيروزي، كما تتمايل أشجار الزيتون بلطف مع الهبوب اللطيف. في هذا الفصل الساحر، يا عزيزي ، تتفتح الزهور كأنها تروي قصة الحياة بألوانها البهيجة.

في فصل الصيف، تتفتح زهور الحب والعشق كأنها تستمد حيويتها من أشعة الشمس. يتسم هذا الفصل بالدفء والسحر، ويعكس طاقة الإيجابية والحيوية التي قد تلهم علاقات الحب. اللحظات الطويلة والمشمسة تعزز التواصل وتبني ذكريات جميلة. يمكن أن يكون الصيف موسمًا ينشط العواطف ويجعل اللحظات الرومانسية أكثر إشراقًا، مما يعكس جمال وحيوية علاقات الحب والعشق.

يتناغم في هذا الفصل صدى أصوات الضحك والحديث الودي ، حيث يكون الوقت مليئًا بالمغامرات واللحظات الخاصة. يلوح الغروب كل يوم بيده معلنا السفر وينثر في أكف العشاق رموزا سحرية على شكل لوحة زيتية قوامها الفن و الجمال مما يضفي لمسة رومانسية إضافية على قصة الحب في فصل الصيف.

ثم يحل الليل في هذا الفصل فيخرج ما بجعبته من أسرار وعواطف وأشواق. تحت سماء صافية مرصعة بالنجوم، تتناغم قلوب العاشقين مع موسيقى الليل. اللحظات الهادئة والمميزة تعكس قوة الرومانسية وتجعل العشاق يتأملون في جمال الحياة وفي بعضهم البعض. في هذا السحر الليلي، تنعكس عمق العلاقات وتتراقص أحلام الحب في ظل القمر الذي يزين سماء الصيف.

وفي تلك اللحظات الساحرة، تتبادل العيون اللمحات المعنى والقلوب تنغمس في بحر العواطف. يتزايد الشغف في أحضان الليل، حيث يتبادل العشاق الكلمات العذبة والوعود الدافئة. الصيف يُصبح موسمًا للحب المستديم والعشق الذي يزهر كزهرة جميلة في حقل من الأحلام والأماني.

أما في فصل الخريف، تطل الطبيعة بوجه مليء بالألوان الدافئة، ترتدي قناع التأمل وتتخللها لحظات كئيبة مؤقتة، تهب الرياح اللطيفة لتسقط أوراقًا ببطء تبعا للحن معزوفة خريفية. يصبح الهواء خليطا متجانسا بين الدفء يخلف رعشة مترددة لدى المتأملين، وكأن الطبيعة تستعد لولادة جمالها الساحر.

في هذا الفصل الذي يمزج بين جمال الطبيعة وحزن المغادرة، تبدأ الحياة في الانتقال إلى فصل جديد. يظهر الخريف كفصل الحصاد، حيث يتم قطف ثمار الجهد والعمل الذي قدمته الأشجار والزهور

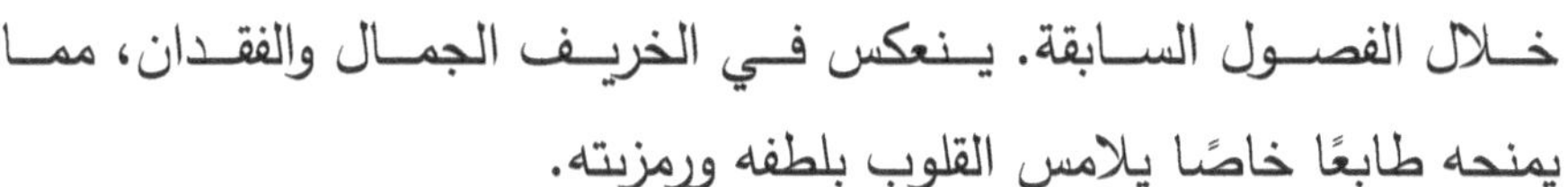

خـلال الفصـول السـابقة. ينعكس فـي الخريـف الجمـال والفقدان، مما يمنحه طابعًا خاصًا يلامس القلوب بلطفه ورمزيته.

فـي فصـل الخريـف، يتنـاغم الحـب مـع رونـق الألـوان الخريفيـة وينسـاب مثـل أوراق الشـجر تحـت أشـعة الشـمس الدافئـة. يصـبح الحـب فـي هذا الوقت من العام كالنبيذ الـذي ينضـج مـع مرور الوقـت، يكتسـب نكهـة النضـوج والتأمـل. تـزداد العلاقـات قوة وعمقًـا، حيـث يقف الحبيبان معًـا ليشـاهدوا تغييـرات الحيـاة كموسـمٍ طبيعـي. تتحول أمطـار الخريـف إلـى لحظـات رومانسية تحـت المظلـة، وترتسـم الأشـجار بـألوان العاطفـة والارتبـاط. يكـون الحـب فـي هـذا الوقـت رحلـة تنويـع واكتشـاف، حيـث تمتـزج مشـاعر الاحتـرار بنغمـات الـود والاحتـرام. بـين زقزقـة الطيـور وهبـوب الرياح، يتفتح الحب في فصـل الخريـف كزهرة تعلن عن جمالها الفريد ورقة فصلها المميز.

ثم يتسـلل الحنين والـوداع إلـى قلـوب العاشـقين، حيـث تشـير أوراق الشـجر إلـى حلـول فصـل الشـتاء. يصـبح لحظـات المشـاركة والاحتضان أكثـر ثمـارًا، وكـأن العاشـقين يجتـازون معًـا مراحـل الحيـاة كفصـول متتالية.

تتحـوّل الألـوان الدافئـة والنضـج فـي الخريـف إلـى ذكريـات جميلـة وتقدير عميق لماضٍ تشـترك فيـه الأرواح. يصـبح الحـب فـي هذا الوقت تأمّلًا في الرحيـل وفـي أهميـة اللحظـة الحاليـة. وكمـا تمتـزج أوراق الشـجر

بالأرض، يتمزج الحب بروح الخريف، يفهم قيمة اللحظة ويُظهر جمال الاستسلام لدورة الحياة .

لقد تفتحت القلوب وأزهرت فيها زهور الحب ،كما تفتحت الحدود المغلقة مدة من الزمن حتى كتبت لأبوابها أن تفتح على مصراعيها ،ليتدفق الشباب نحو المغرب ،كما يتدفق نحو الجزائر عبر شارع يسمى شارع " خاوة خاوة" في ظرف ، فما حققته ذات العيون الصينية، كما يحلو ليوسف ان يناديها ، والعاشق ،كما يحلو لريم ان تنادي به يوسف ،لم تحققه الحكومتان منذ زمن بعيد....

أخير تم تأسيس جمعيات من مختلف المناطق بكلي البلدين باسم ريم ويوسف ، والذي اتخذ مقرا رئيسيا بالمدينة ، حيث انخرط فيها العديد من الشباب والشابات وبدأت بذور السلام تظهر بين البلدين .

القطار المتجه من محطة وجدة إلى العاصمة الجزائرية وهران ،القطار مجهز بأحدث الوسائل التقنية و اللوجيستية ، مكيف به شبكة الانترنت ،في كل عربة من عرباته مضبوع عليها علما البلدين ،في العربة الخامسة يجلس السيد علي ببذلته الرسمية ،بجانبه حقيبة سوداء، يتحدث عبر الهاتف مع أحد المسؤولين الاقتصاديين بالجزائر ، السيد علي رئيس جمعية يوسف وريم للسلام والتنمية بوجدة ، كما انه على بعد أشهر قليلة لإعلان شركته المتخصصة في صناعة وبيع الوسائل والمنتجات الفلاحية، بكل من المغرب و الجزائر ، لم يجد أماه أية

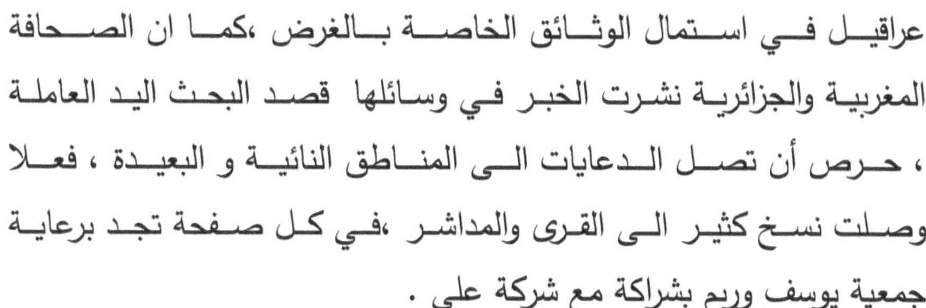

عراقيــل فــي اسـتمال الوثــائق الخاصــة بـالغرض ،كمـا ان الصــحافة المغربيــة والجزائريــة نشـرت الخبر في وسـائلها قصـد البحث اليد العاملــة ، حــرص أن تصـل الـدعايات الـى المنـاطق النائيــة و البعيـدة ، فعـلا وصـلت نسـخ كثيـر الـى القرى والمداشـر ،فـي كـل صفحة تجد برعايـة جمعية يوسف وريم بشراكة مع شركة علي .

تنفس ابراهيم الصـعداء ،أخير سينتقل مـن الباديـة الى المدينـة للعمل في شــركة علـي ، ويخـرج عائلتـه مـن الفقـر ، وسيتزوج بزينـب ، لا مزيـد مـن الانتظـار بعـد الان ،ورود الحيـاة بـدأت تتفتح ،أخبـر أمـه بـالخبر ،فبدت فرحتها حيال ذلك ،خير يوسف وريم بدأ يظهر .

حـل السـيد علـى بـالجزائر صبيحة العاشر مـن أيلـول ،امـام مقر وزارة الاقتصــاد ، لـدفع اخر اوراقـه مـن اجل الموافقـة علـى الشـراكة الجديـدة ، بعـدها يغـادر لتفقـد المقـر الجديـد بوجـدة ، يـرى نفسـه وكأنـه بالـدار البيضـاء ،متحسـرا على الزمن الذي ضـاع بـين حـدود مغلقـة ، التقى فـي الوقـت نفسـه بعبـد القـادر أخـو ريـم جـاء للغرض نفسـه ،جمعيـة ريـم ويوسف لسـلام تبـدو قد جمعـت شمل البلدين بعدما صدا على بعضهما ،دقـت ساعة المغـادرة ركب الحافلـة رقـم 1 ذات الألـوان الخضـراء و الحمـراء و البيضــاء ، حيـث لـم تمـر الا سـاعات قلائـل حتى وصـل وجدة .

ابراهيم لـم يـذق بعـد فـي حياتـة طعـم الحـب الحـب ،وكـل مـا يفكر بـه هـو هـو ضمـان لقمـة عيـش كـا الاخرين خـارج البدايـة ،لكـن هيهـات ، الفقـر والبطالـة ينهشـان جسـم الباديـة ،والجفـاف الـذي عصـف بمـا تبقـى و الأعشـاب والأشجـار الخضـراء . بينمـا بديعـة بجمالهـا الفاتـن تجـره اليهـا عيـون الشبـاب ، أحبـت ابراهيم منـذ أن كـان تلميـذا فـي الثانويـة العامـة ،كانـت بديعـة ترتـدي لباسـا فاضحـا يصـف جسمهـا كأنـه هـو ، تضـع احمـر الشفاه بقوة كـل يـوم وترتـاد الشوارع التي عـادة مـا تمتلـئ بالشبـاب ،كـان أبوهـا يعمـل بإحـدى المـدن الكبـرى ويجلـب لهـا كـل هـذه المـواد التجميليـة كلمـا حـل بالباديـة بمباركـة أمهـا ، علمـت فـي اخـر السنـة الدراسـية ان حفـلا سيقام بمناسبة ذلـك ،فعزمـت الحضـور متخفيـة بـين التلميـذات مـن اجـل الوصـول الـى يوسـف ،بعدمـا تعـذر عليهـا التحـدث معـه خـارج المدرسـة ،جهـزي نفسهـا بعنايـة بلبـاس محتشـم نسبيا ،وتوجهـت الـى المدرسـة ،ومـا إن وصـلت الـى المكـان حتـى انكشـف أمرهـا وتـم طردهـا مـن المدرسـة ، ذاع خبرهـا فـي الباديـة مـن قبـل التلميـذات و التلاميـذ ، فـي العـام الاخيـر لابـراهيم فـي المدرسـة قـررت بديعـة الالتحـاق بالصف الأول فـي الثانويـة العامـة للدراسـة حتـى تقتـرب شيئا مـا من ابراهيم داخل أسوار المدرسة ،فعـلا هذا مـا تأتى لهـا خـلال بدايـة الموسـم الدراسـي ،مـرت أشـهر قليلـة فاضطـر ابراهيم لمغـادرة الدراسـة بسبـب الفقـر ،حيـث لـم يعـد مطمئنـا لحـالهم المـزري ،فانفصـل عن الدراسة . ومن الحب ما قتل ...المتنبي

بديعـة لـم يكـن لهـا حـل غيـر اتمـام السـنة الدراسـية بـلا إبراهيـم، بعـدها تصارحه بحبه الذي شغفها ،

في تلـك الأراضـي النائيـة العميقـة فـي الباديـة حيـث تمتـد الرمـال الشاسـعة وترتفـع الجبـال القاحلـة، لا زال يعـيش إبـراهيم بـين قطعـان الماشـية وبيـوت الصفيح التي تحميهـا عائلتـه الصغيرة مـن البـرد اللاذع والريـاح العاتيـة. كانـت حياتهم تعتمـد علـى الحـظ والمـوارد المحـدودة، وكـان الفقـر يلفّ حيـاتهم كالغمامـة الثقيلـة، لكـن هـذا لا يزيـد مـن ابراهيم إلا الطيبوبـة والعزيمـة الصلبـة، والحلـم دومًـا بحيـاة أفضـل، بعيـدًا عـن الباديـة القاسية. كـان طيلـة أربـع سـنوات يحـاول فيهـا البحـث عـن فرصـة عمـل فـي المدينـة، يعـود بخيبـة أمـل إلـى الباديـة، حيـث يسـتمر فـي العمـل الشـاق مع أسرته.

وفـي أحـد الأيـام، فـي مسـاء بـارد وريـاح عاتيـة، كـان إبراهيم يركـب دابتـه يتخبـط بـين الحقـول المتلاطمـة، عبـرت زينـب، ابنـة قائـد القبيلـة المجـاورة، دربـه. بـرزت جمالهـا الطبيعـي مـن خلـف العبـاءة السـوداء المغطـاة بالرمال، ولمعت عيناها الخضراوان كأحجار الياقوت.

لحظـة واحـدة كافيـة لتغيـر مجـرى حياتيهمـا، حيـث اصطدموا ببعضـهما فـي صـراع مـن المشـاعر،لـم يتـوانى ولـو فـي إخبـار أمـه بهـا ،تعرفت الأم علـى زينـب ،وعلمـت اناهـا ابنـة لأحـد التجـار فـي القبيلـة المجـاورة لهـم ، تكـون بـذلك قـد حجـزت لابنهـا مقعـدا فـي حيـاة زينـب الفتـاة المتعففـة التـي رأت فيها مستقبل إبراهيم .

في العـام المـوالي هـاجر إبـراهيم الـى المدينـة ،قصـد اللقـاء بالسـيد علـى بعـدما وصـلته أخبـار بأنـه يبحـث عـن اليـد العاملـة فـي شـركته الجديـدة، ركـب فـي سـايارة أجـرة وبـدأ يتجـاذب أطـراف الحـديث مـع السـائق ،يبـدو السـائق جزائري من لكنته :

غير هنا برك

لا باقي ، بغيت الشارع الكبير اللي فيه السفارة الجزائرية

خاوة خاوة انت مغرابي وجدي

ايه مغربي ولمن بعيد من المدينة

واه خير

أخيـر وصـل مقـر الشـركة سـلم علـى البـواب وجلـس ينتظـر السـيد علـى المجـيء ، الشـركة مـاتزال فراغـة مـن العمـال ،لا يوجـد بهـا غيـر الحـارس ،يبـدو أنـه مـا زاال فـي بحـث عـن العمـال ، ولابـد لـه مـن كاتبـة لاستقبـال الزبنـاء ، فكـر إبـراهيم ببديعـة ،إنهـا الفتـاة المناسبـة لتقلـد هـذا المنصب ،لعلها أكملت دراستها وتسلقت عالم سوق الشغل .

قـدم سـيرته للسـيد علـي معلومـاتـه الشخصيـة ،ليسـجله فـي قائمـة العمـال الجديد ،على أمل بداية العمل في غضون شهر تقريبا .

عـاد ابـراهيم الـى البـادية لجمـع مـا تبقـى مـن الأغـراض ،فـإذا بـه يفاجـأ أن بديعـة قـد نجحـت فـي الثانويـة العامـة ،ممـا دفعهـا للاستمرار فـي الدراسـة ، هـذا مـا سمعه مـن أمـه لكنـه لـم يهتم لحالهـا ،بـل غرسـت فـي زينـب فـي قلبـه سـهام الحـب منـذ اللقـاء الصـادف بهـا ، بعـد يومـين مـن حلولـه

بالبادية تقدم لخطبة زينب من أبيها ،فذاع الخبر في البادية ،كما ذاع في قلب بديعة ،إنها بين مطرقة الصبر على إتمام دراستها ،وسندان عشق إبراهيم الذي لم تجد له عصا سحرية لتوقف هذا الحب الذي يعاكس قلبها ،من هذه الفتاة التي خطف قلب إبراهيم ؟

بعد ست سنوات من العمل والتجربة مع السيد علي ، صار إبراهيم واحدا من أبرز العمال المعروفين بالشركة بعما تمت ترقيته الى منصب هام بها ، حيث لم يعد عاملا عاديا بل صار اليد اليمنى للسيد علي ، يمتلك سيارة فاخرة ، ومنزلا في طور البناء ، زميلته بالعمل صونيا الجزائرية تمازحه دائما :

وا السي إبراهيم ..كي تكمل الدار عطيها لي . ههه ..؟

يرد لها المزح :

ان شاء الله ،علاش لا

لنسافر الان الى البادية ،ونلقي اطلالة على أحوالها ، بديعة خلقت المفاجأة في البادية ،بعدما كانت محط سخرية من سكان القرية ، وشيطانها الذي يجوب قلوب الشباب ،هي الآن على استكمال بحثها لنيل شهادة الماجستير بإحدى كليات العلوم والاقتصاد ، لم يتبق لها غير شهور قليلة للتخرج ،كان ذلك العشق العابر لابراهيم سببا في تفوقها ،لم ولن تسنى هذا الفضل في حياتها ،إنه قدر جاء على شكل وله عابر لابراهيم ،فسطر لها مسارا لم تكن تتوقعه ، بديعة صارت ذات علم وجمال ،إنه الكنز المفقود ...

السيد علي كثير التنقل والسفر الى البوادي يواجه صعوبات في التنقل بين البادية والمدينة يوميًا، بحثًا عن الموارد الأساسية، جاءت له فكرة مبتكرة ، وهي إنشاء فرع لهذه الشركة في البادية لتسهيل وصول المنتجات الى الشركة بدلا من التنقل كل يوم اليها ،

عقد اتفاقًا مع إبراهيم، الشاب الطموح الذي ظل يحلم بتحسين حياة عائلته في البادية، حيث تم تعيينه كممثل للشركة في المنطقة. و بدأ في تنظيم استيراد وتوزيع المواد الأساسية المطلوبة في البادية، وأصبح له دور مهم في توسيع نطاق عمل الشركة ، لكن قبل هذا يجب أن يجد للسيد علي عاملة جديدة ككاتبة للشركة ، لأن زميلته الجزائرية المازحة له ستنتقل الى فرع آخر له في إحدى القرى التابعة لولاية تلمسان ،لم يخطر ببال ابراهيم غير بديعة ،بحث عنها بكل الوسائل حتى وجدها ،فأخبرها بالأمر فقبلت به بكل فرح وسور ، إن اللقاء الذي حرمت منه في الثانوية هو الان جاء بنفسه ،لكن مع كامل الاسف ابراهيم لديه ثلاثة أبناء من زينب .وبعد لقاء الدراسة الان لقاء العمل .

تعرفت بديعة على الشركة ،وارشيف العمل وكل العمال المتواجدين بها ،القائمة تضم عمالا مغاربية وجزائريين ، حيث تولى رياض الجزائري مهام ابراهيم بعد انتقاله الى المقر الفرعي للشركة ، وهو المسؤول عن قسم الحسابات داخل الشركة ،تعرفت عليه وعرض عليها الزواج .

تواجه إبراهيم في بداية عمله التحديات المتعلقة باللوجستيات وإدارة المخزون، ولكن بفضل عزمه وقدراته على التكيف، نجح في تحقيق نتائج ملحوظة. خلال رحلاته المتكررة بين البادية والمدينة، اكتسب إبراهيم خبرة غنية وبنى شبكة من العلاقات التي ساعدته في تعزيز موقعه في المجتمع المحلي وداخل الشركة. كما أسس بجانب الفرع الجديد للشركة فرعا لجمعية يوسف وريم للسلام والتنمية ،فانكب عليه منخرطون كثر ، ضمنهم إسماعيلو سيسي و حليمة من أصول سينغالية ،يتسرب الحب في شريان البادية ، من أول شعلة وهاجة من ريم ويوسف ،حيث طافت هذه الشعلة أقاصي البلدين حتى صارت كالقلائد اعلق في أعناق الشباب و الشابات ،ليمتد الى من أعناق الشيب ،كيف لا يحل هذا الحب المغاربي محل النسيم ،محل الهبوب ،محل الريح التى لا تتقطع أبدا ،بين الفينة والأخرى تطل حليمة من نافذة بيتها البسيط ، وتبتسم لكل غاد ورائح ، وتسلم عليهم بلكنة ممزوجة بين العربية و النقط السينغالي ،لا تختفي عن الأنظار أول ما تلمح قدوم إسماعيلو سيسي .

خصص إبراهيم في مقر الجمعية جناحا خاصا بالكتب ،حيث زينه بالرفوف و المكاتب ،فكان أول ما سكن هذه الرفوف كتاب الحب الذي جمع بين يوسف وريم ،اللذان كان لهما الفضل الكبير في إعادة أواصر الأخوة بين البلدين ،وربطا دماء العشق بين الشباب ،ترى جنبات الرفوف ممتلئة بنسخ من رواية حدود ذائبة ،ذوبت كل عاشق

ولهان ، حليمة تقرأ الصفحات الأولى من الرواية كلما تفرغت من عملها في الفرع الجديد للشركة .

الأمور تسير كما هو مخطط لها، ترى إبراهيم منهمك في إنجاز مهامه بكل نشاط وحيوية، يمازح حليمة كلما صادفها:
أليمة ...(حليمة) ......تكتفي حليمة بضحكتها المألوفة
زينب صارت الآمرة الناهية في الفرع و الجمعية، تعمل في مشروعات تنموية محلية وكانت معروفة بحنكتها وقدرتها على إدارة أعمالها.

مع مرور الوقت، بدأ وهج الحب يزداد اتقادا بين إبراهيم وزينب، والعلاقة تتطور شيئا فشيئا. كانت هناك مشاعر متبادلة تنمو بينهما.
في إحدى الليالي الدافئة ، بين لمحات النجوم الساطعة وتحت سماء الصحراء الهادئة، قذف في قلب يوسف وهج الكلام ،أخير سينطق لها البلبل ، التقى بها في جناح الكتب ،فزف لها الخبر بكلمات معبّرة عن مشاعره العميقة ورغبته في اعتقال قلبه داخلها ليس لزينب الا أن وافقت على الزواج منه.

وحدة ريم ويوسف ،التي أنبثت في كل ربع من ربوع البلدين بذور المحبة و رباط الأخوة ،يتجاوز ذاك الذي تلقيه ظلال الجبال و الشاهقات من البنى و الشجر ، يتجاوز عدد الخطى لأقدام العالم

،يتجاوز كل كلمة عميقة المعنى قالها أديب عاشق ،أو كل بيت شعري تغنى به متغزل جاهلي لمحبوبته . السيد علي سيقيم حفلا يستقبل فيه الطودين ريم ويوسف بحفاوة في إحدى القاعات المجهزة لهاذا الغرض ،بمحاذاة مقر الشركة.

المشهد الأخير

أمام مقر الشركة ،ضربت صفوف بيضاء من الكراسي، يتوسطها سجاد أحمر ينتهي عند مدخل القاعة المجهزة ،وعلى جنبات الجدار منصة يعلوها مكبرات الصوت والآلات الموسيقية المختلفة لفرق حضرت لتنشيط الحدث الضخم ، فرق موسيقية من البلدين من مختلف الألوان ، والصحافة من مختلف المنابر تطوق المكان قبل المتفرجين ،بما في ذلك القنوات التي تواكب الحدث ،أيمان أدرت عينيك ترى والورود منثورة قبل أوانها في كل مكان ،وفي الجهة المقابلة للجالسين ضربت شاشة كبيرة يعرض فيه كل منجزات السيدة ريم ويوسف منذ الفكرة الأولى .

بعد ساعة من الان سيحلان بالمكان، قادمان من الجزائر للتو رفقة جهور غفير من المعجبين من مختلف البلدان المغاربية (تونس، ليبيا، مصر).